رواية

أُلبرتينو

وفرقة الكوميدي دي لارتي

د. جُمان الريحاني

إهداء..

إهداء إلى عشاق المسرح

إهداء إلى عشاق الكوميديا

إهداء إلى عشاق الدراما وعالم الجريمة والغموض

إهداء إلى كل المسرحيين والجمهور والمشاهدين

إهداء إلى الجميع

جمان الريحاني

حلم بالشهرة

البطل هو شاب يحلم بالشهرة تتنقل من مسرح إلى مسرح وقد يهوى التمثيل، ويحلم بأن يصبح أشهر مسرحي في ايطاليا.

ورغم حبه الكبير للتمثيل وتفانيه في أداء الأدوار إلا أنه لم يحالفه الحظ لكي يصبح مسرحيا كبيرا.

لم يكن يعجب بأية فرقة ينضم إليها فلا يطيل البقاء فيها أو العمل معهم.

السبب وراء تنقله من فرقة إلى فرقة هو بحثه الدائم عن الأدوار الرئيسية والمهمة، فهو لم يكن راضيا بتلك الأدوار الثانوية التي كان يتحصل عليها.

ورغم أن أي دور هو ذا فائدة لأنه يساعدك على ممارسة للتمثيل إلا أن البطل كان يبحث عن فرصة لكي تجعل نجمه يلمع ولكي يحقق ذاته، ويثبت للجميع بأنه يستحق البطولة وجدير بأن يتحصل على أهم الأدوار.

بقي البطل على هذه الحالة لسنوات عديدة، حتى كاد يفقد الأمل في أن يصبح اسمه معروفا.

في مرحلة ما انضم الشاب إلى فرقة مسرحية متخصصة في مسرح الكوميدي دي لارتي وهو مسرح هزلي كوميدي.

kommɛ:dja dellarte

لهذا المسرح تاريخ عريق، وقد ظهر في القرن السادس عشر، ويطلق عليه اسم مسرح الحرفة.

هو مسرح ارتجالي وهذا الأمر الذي كان يعجب البطل، لأنه يستطيع أن يظهر موهبته بشكل أفضل.

وهناك أمر آخر جيد بشان هذا النوع من المسرح وهو اعتماد الممثلين على الأقنعة.

إن ارتداء الأقنعة كان لديه فائدته الخاصة، ولكن هذا المسرح كان يعتمد على شخصيات معينة، وهي اثنا عشر شخصية منها امرأتان.

في هذا المسرح امرأتان فقط ولكن هذا النوع من المسرح هو الذي كان مسئولا عن ظهور الممثلات الإناث.

ورغم أن هذا المسرح يعتمد على الارتجال وهو يعرف يمسرح الحرفية إلا انه لم يكن للهواة بل كان مسرحا للمحترفين وهذا الأمر قد جعل الأمور صعبة بعض الشيء على البطل

البطل لم يكن هاويا.

بل كان ممارسا ويحلم بالاحتراف والشهرة.

كان البطل يحلم بان يتحصل على دور إحدى الشخصيات القوية والبطلة، ولكن لم يحصل له ذلك

لقد كان يتحصل على دور بولشينيلّا "اللكمة"

Pulcinella

وهو ليس بالدور المهم والبطل كما هي بقية الأدوار، ولم يكن لديه حوار ولا دور كبير وهذا بأمر من رئيس الفرقة فقد كان يختار السيناريو ولا يسمح بالارتجال إلا لبعض الشخصيات الرئيسة.

ولأن بداية انطلاق هذا المسرح قد كانت مجانية أو بتمويل بعض المتبرعين فقد كانت تفتح بابا لممارسة التمثيل، ولمقابلة الجمهور، ولكنها لا تجمع المال للممثلين جراء تعبهم.

قررت تلك الفرقة التي انضم إليها البطل أن تقوم
ببعض العروض حول ايطاليا ولكن ...

لكن المال لم يكن كافيا لأن رئيس الفرقة الذي لم يكن
يروقه البطل كثيرا.

قام يكل الترتيبات وفكر في وسيلة التنقل وأيضا في
الأماكن التي سيقيم فيها الفرقة والطعام والشراب وكل
تلك الأمور، فوجد بأن أحدا عشر شخصا، هو عدد
كبير على فرقة لا تمتلك المال.

كان ألبرتينو برونو شاهدا على كل تلك التطورات والتفاصيل، وقد كان في البداية متشوقا جدا لتلك الرحلة ويحلم بها

لقد أعجب بالفكرة، وبكل تلك المغامرات التي كان يتوقعها رئيس الفرقة السيد فيتال فيجو، الذي كان متحمسا ووعدهم بأنهم سوف يصنعون اسما لفرقتهم خلال هذه الرحلة، وبفضل العروض.

كان ألبيرتو يحلم ويحلم بأن يتحصل على دور أهم أو ربما أن يسمح له السيد فيتال بأن يرتجل بعض الجمل وأن لا يحدد له ما يجب عليه فعله.

قبل السفر بأيام حدث أمر جعل السيد فيتال يتخذ قرارا
فصارح الجميع به وقال:

أصدقائي لدي أمر أريد أن أخبركم به

احدهم:

نحن في الاستماع أيها القائد

السيد فيتال:

الأمر ليس جيدا وليس بالأخبار السارة، ولن ينال
إعجاب البعض.

احدهم:

البعض؟ ولكن ما الأمر لقد أصبنا جميعا بالفضول؟

السيد فيتال:

الميزانية غير كافية ولم استطع أن اجمع مالا أكثر

احدهم:

هل سنلغي الرحلة؟ أن ألغيتها سوف ننزعج جميعا
وليس فقط البعض.

السيد فيتال:

لا لن ألغي الرحلة بل هناك حل بديل.

احدهم:

وما هو؟

هل نقترح أن نجمع بعض التبرعات.

السيد فيتال:

نحن نجمع التبرعات في العادة من أجل العروض وليس من أجل رحلة، وقد جمعت بعض المال للرحلة فكيف اطلب المزيد؟

سيكون هذا استغلالا ولا أريد أن افسد سمعة فرقتي

أنا ابني سمعة ولا أريد تخريبها.

أحدهم: وما الحل إذن؟

السيد فيتال:

لقد فكرت في الأمر كثيرا، وبعد تفكير اتخذت قرارا

احدهم:

ما هو؟

نريد أن نعرف.

السيد فيتال:

أولا أريد أن أقدم اعتذاري لمن سوف يمسهم الأمر أو سوف يشعرون بالضيق.

فاعلموا بأنه الحل الوحيد الذي كان أمامي

لقد فكرت مليا حتى توصلت إلى هذا الحل.

وهو الحل الوحيد.

أحدهم:

لقد فهمنا يا سيدي..

رجاء أخبرنا بالحل ليرتاح الجميع، فقد أصبحنا على أعصابنا.

السيد فيتال:

الحل هو تقليص عدد الممثلين؟

ألبرتينو:

هل تقصد بأنك تقوم بطرد البعض؟

السيد فيتال:

أنا أنقذ الفرقة والأمر ليس بيدي.

السيد أليساندرو:

ومن هم المعنيون؟

السيد فيتال:

لقد فكرت في أكثر من شخص وقلصت العدد من أحدا
عشر إلى ستة.

ألبيرتينو:

ومن هم الستة المعنيون بالإعفاء من الرحلة؟

السيد فيتال:

سوف أعطيكم أسماء الذين سيستمرون في الفرقة.

لكي أبرر لكم لما تمّ اختيارهم.

ألبرتنيو:

كما يحلو لك يا سيدي..

ولكن الحقيقة سوف تظهر، ولن يتمّ تزيينها بكل ما ستقوله.

السيد فيتال:

أكرر اعتذاري من الجميع.

أولا:

أنا وقد كنت دائما في دور أرليكينو

وسوف أضم دورا آخر لي أؤديه أنا.

والدور الذي تعودت أن أؤديه وقد كنت أمارسه من قبل هو دور القبطان.

آسف.. أيها القبطان.

السيد أليساندرو ليونيل:

لا عليك..

وداعا جميعا.

وخرج السيد أليساندرو ليونيل، وقد كان رجلا متقاعدا يحب ممارسة التمثيل، ويهوى المسرح، وخاصة مسرح الكوميدي دي لارتي.

السيد فيتال:

وأرى بأن تؤدي الآنسة ماريسا بيرت دور إيزابيل بالإضافة إلى دور كولومبينا

والأمر الجيّد، والذي يساعدنا هو ارتداء الأقنعة، وأيضا لأننا لا نصعد على الخشبة معا، وفي نفس الوقت.

أعتذر يا سيدة فيليا بانكس

السيدة فيليا:

شكرا لكم جميعا..

لقد استمتعت بالعمل معكم.

وداعا.

السيد فيتال:

وأنا بصدد تحضير بعض السيناريوهات الجديدة، لكي يؤدي كل منها أكثر من شخصية، ولكي تتاح له الفرصة، لكي يقوم بتغيير ملابسه وشكله، ويتأقلم مع الشخصية الجديدة ويدخل في مودها أو مزاجها الخاص.

أحدهم:

ومن أيضا؟

هل تخبرنا عن الجميع مرة واحدة، وبدون تفسير..

لما يتم طرد البعض؟

نريد أن نعرف وأن نتخلص من هذه المشكلة.

أحدهم آخر:

أجل أخبرنا..

من هم الأربعة أشخاص والشخصيات مرة واحدة؟

السيد فيتال:

حسنا.. كما تريدون..

أكرر اعتذاري وأرجوا أن لا تعتبروا الأمر مسألة شخصية.

بل هو عمل.

والعمل ينتهي ويستمر..

ويستمر وينتهي..

العمل يأتي ويذهب..

والعمل: هو مجرد فرص تتاح للبعض ولا تصادف البعض الآخر.

الأربعة هم:

أنطونيو روكو في دور سكاراموتزا وسوف أحيل الدور إلى روجر فلافيو بدور انموراتي

روبيرتو رومانو في دور بريجيلّا وسوف أحيل الدور إلى توماسو فايلر في دور بنتالوني

ريمون سيرجيو بدور بولشينيلا وسوف أحيل الدور إلى فلانتين كايا في دور تارتاليا

وألبرتينو برونو بدور بيدرولينو وسوف أحيل الدور إلى فرانك فيليبو في دور ال دوكتورو

وهكذا اختصر السيد فيتال الفرقة إلى مجموعة اصغر من اجل الرحلة التي هو مقدم عليها.

غادر الجميع وتقبلوا الأمر بروح رياضية إلا البرتينو الذي لم يتقبل الأمر أبدا.

لقد شعر بأن السيد فيتال قد فعل ما فعله عن قصد، وهو بالقصد قد فعل ما فعل، فهو لم يكن يعامله بطريقة جيدة منذ البداية، ولم يكن يعطيه فرصة للظهور على المسرح وإظهار موهبته

كما أنه قد رأى بأن السيد فيتال قد ظلم السيد أليساندوا أيضا لأنه كان فنانا متمرسا، ولم يكن مجرد هاو وقد كان دوره في دور القبطان

القبطان مهم جدا وبعض المشاهد تعتمد عليه كليا. فكيف له أن يقوم بإقصائه؟

ربما كان الدافع الغيرة أو الحقد، وربما لأنه لم يكن معجبا ببعض الشخصيات لذا قام بإقصائها فمثلا يظن البرتينو بأن الدافع وراء إقصاء السيدة فيليا هو أنها كانت امرأة كبيرة في السن، واعتمد السيد فيتال على الشابة الجميلة ماريسا لتؤدي دور كلومبينا وأيضا دور إيزابيل

السيد فيتال:

لم يخرج ألبرتينو خاسرا لكل شيء من هذه التجربة التي دامت مدة من الزمن، بل خرج بفكر جديد.

لقد شعر ببعض الحزن، ولكن لم يكن ذلك ما سيجعله يتوقف عن مطاردة أحلامه.

لقد كان التمثيل بالنسبة له الحياة وهو مصدر الرزق والحياة، بل كان بالنسبة له غذاء الروح رغم أنه لم يكن ناجحا جدا، ولكن كان هذا شعور داخلي لديه.

فكر كثيرا في حل لمشكلته، لأنه لم يريد أن يبقى خال من العمل.

لكن ألبرتينو قد أصبح لديه حقد على أصحاب الفرق المسرحية، والذين يفعلون ما يحلو له.

فكر في حل يجعله يمثل بالطريقة التي يريد هو، لم يكن لديه مشكلة في كتابة النصوص والارتجال لأن الكوميدي دي لارتي تعتمد مواضع التي تهم الناس بالعادة مثل الحب الخيانة، الغيرة الكره، وغيرها من مواضيع، وأحيانا تعتمد على الكوميديا الرومانية.

وقد كان يحلم بان يؤدي دور أركيلينو، وهو نفس الدور الذي كان يؤديه السيد فيتال قائد الفرقة المسرحية السابقة.

فكرة مجنونة

بينما كان ألبرتينو يناقش أفكاره وأحلامه وبعد مرور عدة أسابيع منذ أن تمّ طرده من فرقة السيد فيتال، راودته فكرة مجنونة.

فكر في فكرة لن تكن أبدا معقولة، لقد كان يقول في نفسه:

أنا أريد أن أؤدي دور أركيلينو مثل السيد فيتال

والسيد فيتال هو قائدة تلك الفرقة وكان من حقه أن يطرد من يشاء ويضم إلى فرقته من يشاء.

أنا أتمنى..

أتمنى لو كانت لدي فرقتي الخاصة.

ثم ضرب مقدمة رأسه بيد وقال:

ولما لا تصبح لدي فرقتي الخاصة.

فرقة مسرحية اجمع أفرادها من يحبون التمثيل ولكن يجب أن اختارهم بعناية.

ولكن من أين المال؟

طبعا.. من جمع التبرعات.

سوف أجمع التبرعات.

لكن الفكرة كانت وليدة تلك اللحظة، ولم يكن من المعقول أن يطبقها بالسرعة التي كان يفكر بها.

فجمع التبرعات لم يكن أمرا سهلا على الإطلاق، بل كان يجب عليه أن يثبت نفسه في البداية، وأن تصبح لديه فرقة حقيقية وليس مجرد متسول يريد المال في نظر من قد يتقدم إليه بإقراضه أو إعطائه بعض المال.

الطريق إلى التطبيق

بعد أن راودت ألبرتينو تلك الفكرة، ولم تعد تفارق خياله وقد كان لديه خيال خصب، فأصبح يرى بأنه يجب عليه أن يطبقها وفي أقرب الآجال.

بدأ يفكر في شكلها وعناصرها، والمواضيع التي يجب الكتابة فيها وتمثيلها، والأزياء التي كانت لتبدو رائعة، لقد كان مصرا على أن تكون فرقة كوميدي تنتمي إلى

الكوميدي دي لارتي، والتي قضى سنوات طويلة وهو يمارس هذا المسرح.

كان عليه عدم التسرع وأن يفكر جيدا، وفي كل خطوة يجب أن يخطوها.

قرر أولا أن يجمع الملابس والأزياء الخاصة بكل الممثلين والأقنعة.

وبعد ذلك وضع مخططا للقصص، والمواضيع التي كانت تستهويه هو بالذات.

وكان يتخيل المشاهد كثيرا، والتصفيق الحار له ولفرقته في نهاية العروض.

لقد كان الأمر يشبه ما كان يحدث مع فرقة السيد فيتال لأنهم نفس الشخصيات الكوميدية.

ويضعون الأقنعة

ولكن في نهاية الحلم..، ينزع السيد قائد الفرقة القناع وهو يحي الجمهور الذي يصفق له بكل حرارة، والمفاجأة أنه لم يكن السيد فيتال بل كان ألبرتينو في حلمه الخاص، والذي أصبح أمله الذي يصبو إليه.

يبدو أن فرقة السيد فيتال قد أصبحت هي حلم ألبرتينو، وهدفه في الحياة أن يقوم بإنشاء فرقة مثلها.

لقد تعلم ألبرتينو الكثير من الأشياء من السيد فيتال، وأصبح بالفعل بإمكانه أن يكون فرقة مسرحية.

بدأ ألبرتينو يحقق حلمه خطوة بخطوة فكانت انطلاقته من البحث عن الأقنعة وتجهيز ملابس الشخصيات لأنه لكل شخصية ثوبها الدائم وملابسها التي تمثلها.

فكان أول زيّ محبب إلى قلبه، بأن يقوم بالبحث عنه هو زيّ الركيلينو، الشخصية التي يعتبرها الرئيسية والتي سيقوم هو بأدائها كما كان يخطط.

اتفق ألبرتينو مع خياط شيخ، وأخبره بأن يقدم له خدمة وأن يقدم له تخفيضا لأن الأزياء كثيرة، وسوف يتحمل كلفتها وحده.

ولكن الشيخ الخياط والذي لم يكن لديه الكثير من العمل قرر أن يساعد ألبرتينو لأنه أولا يحب صناعة الأزياء، وثانيا لأن الهدف فني وهذا أمر جيد، وقد أعجبه فقرر المساعدة.

فقال له الشيخ:

لا تقلق يا بني سوف أساعدك، ولازال لديها وقت كثير، لذا سوف نقوم بعمل الأزياء زيا، زيا..

ولدي فكرة أخرى..

ألبرتينو:

وما هي؟

الخياط:

إنها مهمة أريد أن أكلفك بها.

ألبرتينو:

طبعا أنا في المساعدة أخبرني ما تريد، وسوف أقدم يد العون على الفور.

الخياط:

سوف أجعلك تقوم بالتسوق من أجلي، وهكذا تنخفض تكلفة العمل، لأنك سوف تحمل مشقة الذهاب إلى السوق والعودة عني.

ألبرتينو:

وما الذي تريدني أن أقوم بشرائه لأجلك؟

الخياط:

ليس لأجلي.. بل لأجل أزيائك..

ألبرتينو:

طبعا.. أنا في الخدمة، ولكن أنا لا أعرف الكثير عن صناعة الأزياء.

الخياط:

ليس مشروطا أن تعرف سوف أعطيك عينات عن القماش، وأخبرك كم أحتاج منه، وأنت تقوم بشرائه.

ألبرتينو:

حسنا.. لا مشكلة أبدا.

الخياط:

كما أنه لدي بعض قطع القماش التي استعملها.

ألبرتينو:

جيّد أنت تعرف عملك.

الخياط:

نعم..، وأريد منك أن تجلب لي صور كل الأزياء وسوف أخبرك بما سنبدأ.

ألبرتينو:

سوف أحضرهم ولكنني أريد أن نبدأ بزيّ الشخصية الخاص بي أنا.

الخياط:

كما تريد.

ألبرتينو:

كم سيكون السعر بالتقريب؟

الخياط:

لا تقلق لن نختلف، وأنت سوف تساعدني، لذا لا تقلق ادفع فقط ما تستطيع دفعه.

ألبرتينو:

شكرا لك سيدي..

سيكون لك فضل كبير في إنشاء فرقتي المسرحية.

الخياط:

وما هو الاسم الذي أطلقته عليها؟

ألبرتينو:

لست متأكدا.

الخياط:

يجب أن تختار لها اسما يجعل الجمهور يأتي لأجلها

ألبرتينو:

أنا أفكر في أن أطلق عليها اسم:

"ألبرتينو وفرقة الكوميدي دي لارتي"

الخياط:

ولكن اسمك غير مشهور هل تعتقد بان هذا الاسم الذي أطلقته على الفرقة، سوف يساعدك على جلب الجمهور

ألبرتينو:

أنا اصنع فرقة وسوف اصنع اسما.

أنا متأكد من ذلك.

الخياط:

يعجبني إصرارك

أرى بأنك سوف تصل إلى مبتغاك.

ألبرتينو:

هل حقا تعتقد ذلك؟

الخياط:

أجل من يفكر بطريقتك يصل لا محالة.

ألبرتينو:

شكرا لك سيدي..

الخياط:

وشكرا لك يا بني لأنك جعلتني جزء من بناء فرقتك، التي ستكون ناجحة بقدرة الله.

ألبرتينو:

شكرا مجددا..

الخياط:

أشكرني عندما نجهز الأزياء

هيا بنا إلى العمل.

وهكذا كان كل سعي ألبرتينو هو لجمع القماش وتجهيز الأزياء، بينما عندما يكون بمفرده يبحث عن النصوص التي تصبح كبداية وانطلاقة لمسرحه.

وقد أعجب بابتياع القماش، وفقد كان الأمر متعة والخياط يسأله عن رأيه في كل مرة، ويسأله عما إذا كان يجب أن يضيف شيئا أو أن يستغني عن شيء ما.

لقد كان ألبرتينو متحمسا جدا لدرجة أنه كان يريد أن يقوم بالخياطة مع الخياط، رغم أنه لم يكن يعرف كيف يخيط أي شيء، ولكن المشاركة كانت أمرا رائعا.

أحضر ألبرتينو قماشا قطنيا باللون الأزرق والأصفر والأحمر، وقد كان لدى الخياط بعض القماش الأسود وأيضا الأصفر، وهكذا ومع شريط لامع قام ألبرتينو بقص الكثير من المعينات (شكل ألماسات) لكي التي كانت بنفس الحجم وفق باترون قد جهّزه الخياط لأجل هذا الغرض وبترتيب معين.

لكي يقوم الخياط فيما بعد بخياطتها مع بعضها، لكي تصبح هل القماش الذي سيصنع منه زيّ اركيلينو الذي كان عبارة عن سروال ضيق من الأسفل وقميص من نفس القماش.

وخفّ أسود، وجوارب بيضاء.

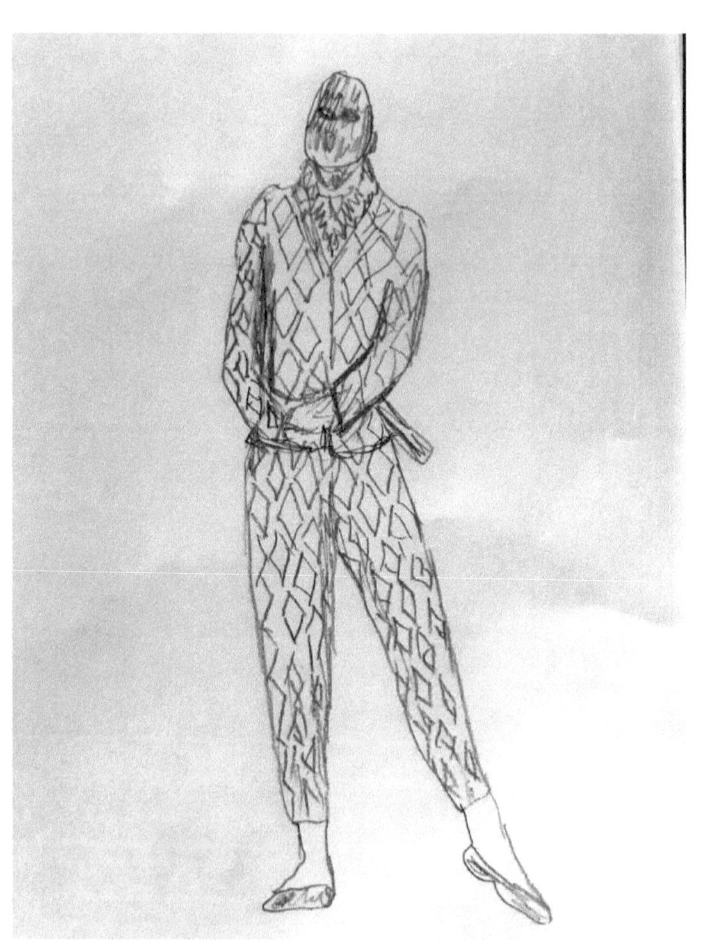

لقد كان عشق ألبرتينو لشخصية اركيلينو لسببين أولهما:

أن هذه الشخصية تتمتع بالذكاء الحاد، وجيدة في التخطيط، كما أنها شخصية مخادعة وألبرتينو يحب أن يكون المخادع، بدل أن يكون المخدوع وهذه النظرية قد استمدها من السيد فيتال الذي أعتبره قد يبنى اسم فرقته ثم خدعه، وهو وبعض الممثلين الذين كانوا في الفرقة فقام بطردهم عندما قرر أن يقوم برحلة ستكون جيدة للفرقة دون شك.

أما السبب الثاني:

فهو لأن شخصية اركيلينو له حبيبة ،وهي كولومبينا وهذا يزيد من جمال الشخصية التي لها قصة حب مع عنصر أنثوي، وهذا التفصيل يجذب الجمهور ويجعله يتعاطف ويحب الشخصية، وأيضا لأن العنصر الأنثوي قليل في مسرحه، فقط ممثلتان أحداهما كولومبينا التي ستكون حبيبته على المسرح.

لقد كان ألبرتينو متعلقا فعلا بهذه الشخصية، رغم أنها شخصية مهرّج ولكنه يؤذي غيره وليس مسالما، بل هو مخادع، وهو من الزاني.

Zaani

وهو خادم.

وعندما تم تجهيز الزيّ تفاجأ أركلينوا فيه وقد أعجب به كثيرا، ولم يصدق بأنه قد ساعد في تجهيز هذا الزيّ

الجميل، والذي كان حلما بالنسبة إليه أن يرتديه أو أن حتى أن يجربه فقط.

لقد كان حلما بعيدا، وأصبح اليوم بين يديه.

عندما جربه شعر بالفخر، وشعر بأن كل ما قد يقدمه أو يبذله في سبيل تحقيق حلمه، لا يعتبر تضحية فالحلم يستحق ذلك.

أما بالنسبة لقناعه فهو يتميز بثؤلول على وجه، وهي يصل إلى نصف الوجه، ولكن أحيانا يقوم مؤدي الشخصية بتغطية باقي وجهه وذقنه.

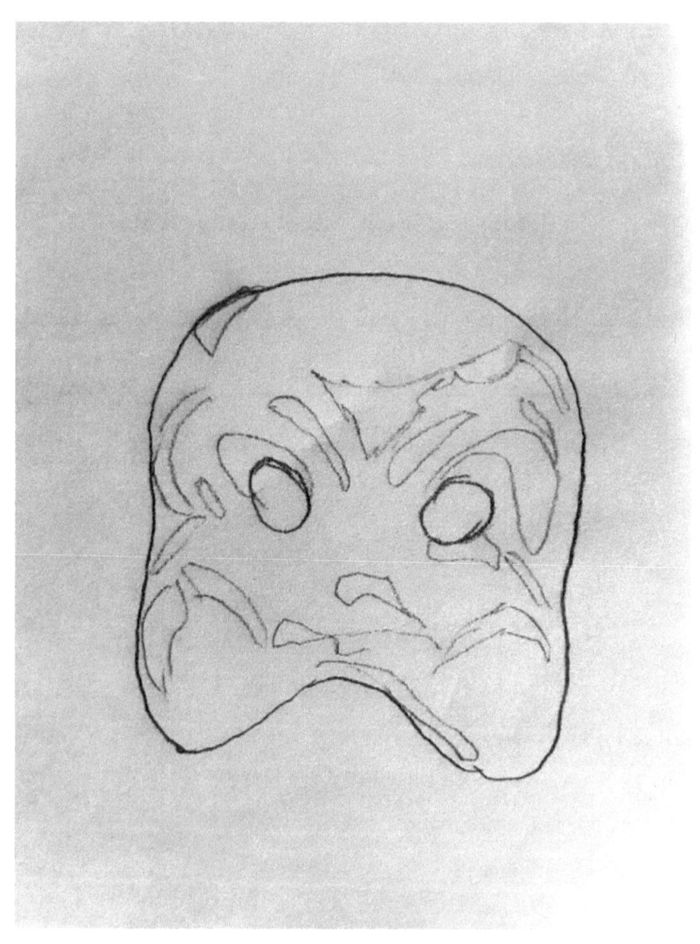

كان الخياط لا يبدأ في بذلة أخرى إلا بعد أن يسأل ألبرتينو عن أية بذلة سوف يكون دورها التالي فأخبره ألبرتينو بأنه يريد أن يكون الزيّ الثاني هو زيّ كولومبينا.

لقد كان رأي الخياط موافقا لرأي ألبرتينو وخاصة أن زيّ كولومبينا حبيبة أركيلينو، يحتوي على بعض القطع التي هي بنفس لون لباس حبيبها أركلينو

لقد كانت نصيحة الخياط أن يقوم ألبرتينو بشراء فستان جاهز، وهو سيساعده في اختيار الفستان، ثم بعد ذلك يقوم الخياط بإضافة القطع الماسية على الفستان، لكي يصبح فستان يليق بكولومبينا وفيه من ألوان زيّ حبيبها أركلينو.

لقد كانت نصيحة الخياط أن يشتري ألبرتينو فستانا يشبه فساتين القرن 16 أول ما ظهرت الكوميدي دي لارتي، ولو كان مستعملا من قبل أو يباع في محلات الفساتين القديمة لأنه لو قرر خياطته فإنه سوف يستغرق بعض الوقت وأيضا لأنه سوف يحتاج إلى كمية كبيرة من القماش وأشياء أخرى.

فكان الفستان إما باللون الرمادي أو الأبيض كثير الكشكشة، وله درجتان من الأسفل وكثيرة الكشكشة

وفوقه جاكت برتقالي اللون كان سيخيطه الخياط، وأيضا كان الخياط سيضيف القطع الماسية الملونة، والتي صنعها مسبقا من القماش الذي بقي من زيّ أركيلينو.

بعد أن وافق ألبرتينو على ابتياع فستان كولومبينا الذي
كان يجب ان يكون موحد اللون، ومنفوش من الجزء
السفلي منفوخ.

طلب منه الخياط أن يشتري فستان إيزابيلا حبيبة
انوموراتي أيضا لكي يختصر عليهم الكثير من الوقت،
لأن الفساتين تستغرق وقتا طويلا للخياطة، وخاصة
أنها فساتين منفوشة وتنتمي إلى العصر السادس عشر.

وقد كان المهم أن تكون تلك الفساتين تشبه ولو قليلا
الأزياء الحقيقية للشخصيات وباقي الأمور والتفاصيل،

سوف يقوم الخياط بإضافتها لكي يجعل الأزياء مطابقة.

وقد كان فستان إيزابيلا باللون الوردي، وفوقه برنس باللون الأزرق.

اناموراتي وهو العاشق والمحب شاعر وراقص وعازف أيضا ومن أسمائه فلافيو وهو حبيب إيزابيلا ولكن لا يكتمل حبهما أبدا ولا يجتمعان في كثير من الأحيان.

إن حبهما حب محكوم عليه بالمشاكل والصعوبات، ولكنه شخص شجاع ويستطيع التغلب على كلما اعترض طريق حبه وإيزابيلا في النهاية.

شخصية اناموراتي لا يضع من يلعبها القناع أبدا بل هو الوحيد الذي يلعب بوجه مكشوف

كما أن زيّه يعتبر من الملابس العادية، واليومية وليس زيّا معينا بحد ذاته.

في الغالب يرتدي قميصا أبيض اللون فضفاضا، وفوقه جيلي صدرية زعفرانية اللون، ويرتدي شورت سروال قصير زعفراني، وسروال ضيق أبيض اللون من السراويل الداخلية، التي ترتدي تحت الملابس وجوارب بيضاء.

وهناك بعض الكشاكش الحمراء على ذراعين، وتحت الشورت وعلى حذائه أيضا.

وينفخ في الناي الذي يحمله دائما، لأنه يعزف ويقول الشعر.

هناك الكثير من الأغراض الجاهزة التي يمكن الاستعانة بها، من أجل تجهيز الزيّ كاملا وخياطة بعض الأمور.

لقد كان الخياط ذكيا، فكان يستعين ببعض الأغراض الجاهزة وبعض الملابس المستعملة ويقوم بتجهيز الباقي بنفسه.

كما انه قد ساعد ألبرتينو في تحضير كل الإكسسوارات، مثل الجوارب والأحذية والقبعات، وكل ما يلزم لأجل زيّ كامل متكامل، وشخصية كما هي في أصل الكوميديا.

كان من أسهل الأزياء زيّ الطبيب ال دوكتورو

فقد قال الخياط وهو يمازح ألبرتينو:

احضر لي الكثير من القماش الأسود، وسوف تجد زيّ الطبيب جاهزا في لمح البصر.

لقد كان زيّه عبارة عن برنس أسود اللون عريضا وفضفاضا، تحته جلابية سوداء تصل إلى منتصف الساق، وعليها حزام عريض من قماش أزرق اللون، وسروال ضيق أسود اللون.

وفي الرقبة كشكشة كثيرة لقميص داخلي ابيض اللون،
تظهر أكمامه تحت الجلابية عند نهاية الأكمام.

ويضع على رأسه قبعة سوداء لها شكل خاص.

لقد كان زيه يوحي بالوقار فهو رجل ثري كبير السن،
ويبدو من شكله كأنه عالم، ولكن هذا لم يكن حقيقيا،
لأنه في أغلب الأحيان تزهر الحقيقة لكل شخصية
وينكشف عن خداعها القناع.

فهو في الحقيقة رجل كاذب ومخادع، لا يقول أي شيء
صادق.

كما أنه لا ينجح في أية علاقة مع أية امرأة، رغم أنه
يحاول أن يظهر العكس، إلا أنه في الحقيقة رجل فاشل
مع النساء.

يبدو أن اللون الأسود في زيه يوحي بالغموض بالأناقة
إلى الوقار الذي يظهر من أول ولهة، ولكنه يخفي

وراءه الكثير من الحقائق، وربما ذلك الحزام الأزرق لكي يلمح لأنه من الطبقات النبيلة والراقية.

الأزياء الباقية صنفها الخياط إلى مجموعتان، مجموعة للرجال ذوي شأن، ومجموعة أزياء لرجال أقرب إلى المهرجين.

تضمنت المجموعة الأولى

الكابتان

سكاراموتزا

بريجيلّا

بنتالوني البخيل

وتضمنت المجموعة الثانية

تروفالدينو

بيدروولينو

بولشينيلّا

تارتاليا

المجموعة الأولى:

الكابتان

أولا:

زيّ الكابيتان والذي كان يسرف في الأناقة، وقد كان يعتمد في طلبته على الزيّ العسكري، لكي يوحي بالبطولات، والشجاعة والإقدام.

ولكنه في الحقيقة كان شخصا كثير الكلام.

يحب النساء ويطاردهن كثيرا، إنه زير نساء.

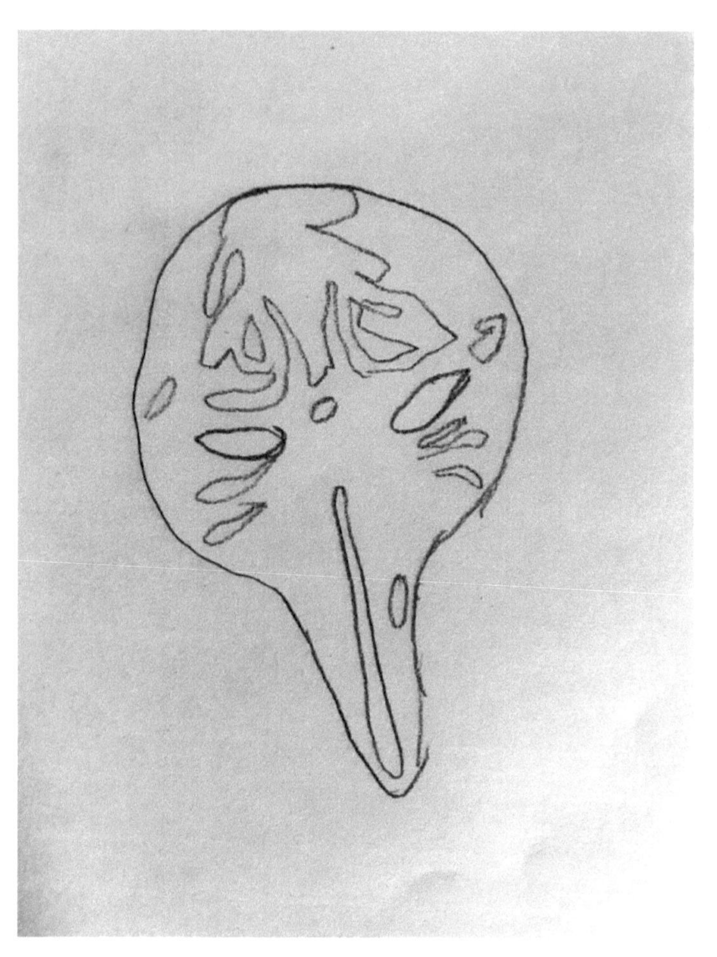

ثانيا:

سكاراموتزا

ورغم مظهره الذي لا يوحي بأنه مهرج إلا أنه أحيانا يكون مهرجا وأيضا يتصف بالجبن، وهو رجل مخادع

الزيّ عبارة عن ملابس باللون الأسود لكي توحي ببعض الغموض في شخصيته، التي أحيانا تبدو ذات رفعة وقيمة.

يرتدي جاكت أسود مفتوح وله حزام أسود، من الأمام ومعه سروال أسود ضيّق وبرنس أسود قصير، وقبعة

سوداء وقد استعمل الخياط قماشا مختلفا عن القماش الأسود الذي استعمله في زيّ الطبيب بل اشترى الكثير من المخمل وهو القماش الملائم لزيّ سكاراموتزا.

وكانت هناك قبات أي قبة القميص في أكثر من زيّ وهي قبات مكشكشة كثيرة الكشكشة ولونها أبيض.

ومن الإكسسوارات الجميلة أنه كان يحمل سيفا.

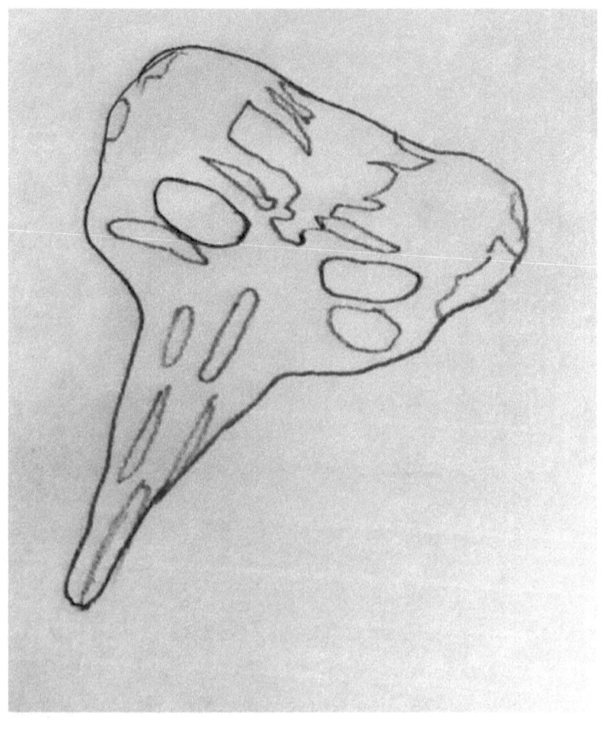

ثالثًا:

بريجيلّا

تمثل هذه الشخصية الكثير من الشخصيات في الحياة منها الموظفين وغيرها، من الذين يشغلون مناصب متوسطة، فهو إما موظف أو صاحب محل أو غيرها ويحاول أن يظهر بأنه رجل مستقيل إلا أنه ليس كذلك فهو رجل حاذق، يستفيد من أي موقف يقع فيه ويحاول دائما على نيل مراده، والكسب من أية صفقة يدخل فيها أو تجربة يخوضها.

خفيف الظل ومرحل ولا يطيق أن يحبس في موقف،
بل لديه الكثير من الحلول، ودائما يستطيع أن ينقذ
نفسه.

وهو شخص بدين بعض الشيء

يرتدي زيّا محترما، ويظهره على أنه شخص نبيل،
يتكون زيه من قطعتين، سروال وجاكت باللون
الأبيض الذي يميل إلى الرمادي، عليه الزركشة من
الأمام، ونفس الزركشة على جانبي السروال، وحزام
باللون البني.

وقبعة من نفس لون القماش لزيه، ولكنها صغيرة
مقارنة بقبعة سكاراموتزا

ويعلق على حزامه حقيبة بنية ويعلق خنجرا طويلا
ورقيقا، ويحمل برنسا قصيرا على كتف واحد.

رابعا:

وآخر شخص في هذه المجموعة كان هو بنتالوني البخيل.

يلقب بالبخيل لأنه بالفعل بخيل، فهو ورغم أنه من الأثرياء إلا أنه رجل لا يهمه في الحياة إلا المال، يمكنه أن يقوم بأي أمر ولو كان خارج الطريق، وبعيدا عن الأخلاق من أجل المال.

هو رجل من الأثرياء ولكن الجشع يعمي عينيه وقلبه.

الزي الخاص به وهو لباس ضيق باللون الأحمر، فقال الخياط بأنه يمكنهم أن يحصلوا على السراويل الحمراء الضيقة من المحلات، وأيضا القطعة العلوية ولا داعي لخياطتها، كما أنها تباع من قماش مطاط، ويمكنها أن تناسب أي جسم مهما كان رفيعا أو بدينا صاحبه.

أما بالنسبة للقبعة والتي تشبه الطربوش، فقد كان بإمكانه أن يقوم بخياطته بكل سهولة.

وطلب منه شراء بعض القماش الرمادي القاتم من أجل الروب العلوي، والذي يشبه روب الحمام قصير الأكمام، ويصل إلى منتصف الساق وليس بحاجة لحزام.

وحذاء يشبه الخف باللون الأصفر.

ولم يبق لكي يكتمل المظهر إلا اللحية الطويلة البيضاء، التي كان على ألبرتينو أن يجهزها لكي تكون جاهزة للاستعمال، فلا يكون لديه أي عجز أو نقص.

المجموعة الثانية

اولا:

تروفالدينو

زيّ شخصية تروفالدينو يشبه زيّ أركيلينو بعض الشيء إلا أن فيه بعض الاختلاف.

إنه يشترك مع أركيلينو في الكثير من الأمور فهو الآخر واقع في حب كولومبينا، وأيضا هو الآخر مخادع وغير أمين، ويخدع حتى أسياده.

كما أنه هو أيضا يجيد التخطيط.

يمتاز هذا الزيّ بأنه فيه الكثير من المثلثات، باللون الرمادي والبرتقالي.

والزيّ عبارة عن جاكت طويل وله حزام بني في أسفل الجاكت وليس على الخصر، وسروال ليس بالضيق، وهناك الكشكشة على الرقبة كالعادة.

ويضع قبعة على رأسه رمادية اللون وعليها ريشة برتقالية أو بنية اللون من الأمام، وحذاء أبيض عليه ربطة على شكل فراشة.

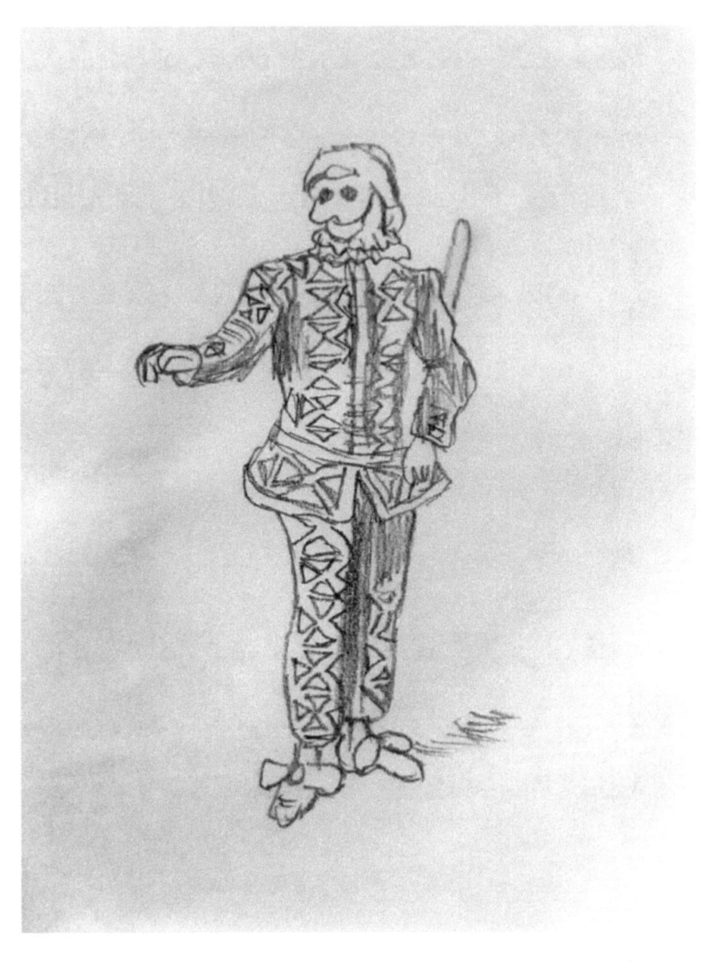

أما بالنسبة للقناع فهو أيضا يشبه بعض الشيء قناع أركيلينو لأنه قصير، وفيه بعض الثؤلول، ويقوم بتغطية الجزء الأسفل بقطعة سوداء.

ولكن ما يميز شخصيته هو أنه يكون له علاقة وثيقة مع الجمهور، على عكس البقية.

ثانيا:

بولشينيلّا

زيه بسيط لكن شخصيته معقدة بعض الشيء، فهو مسكين وأيضا يعاني من تشوّه، ولديه حدبة في ظهره وأعرج ولا يمتلك صوتا، بل يحدث أصواتا مختلفة وغريبة.

ولكنه غير أمين، فمن الممكن أن يكون مخادعا جدا.

قد يكون مخادعا أو ربما يدعي كونه أحمق.

الزيّ عبارة عن قميص ابيض طويل بالأزرار من الأمام، وله حزام ازرق اللون وبنطال عريض باللون الأبيض.

وبالطبع مع الكشكشة على الرقبة بكول عريض أو قبة عريضة

لقد كان الزيّ عريض لأن الشخصية لرجل بدين، وله كرش كبيرة.

وقبعة مخروطية الشكل رمادية تميل إلى اللون الأسود.

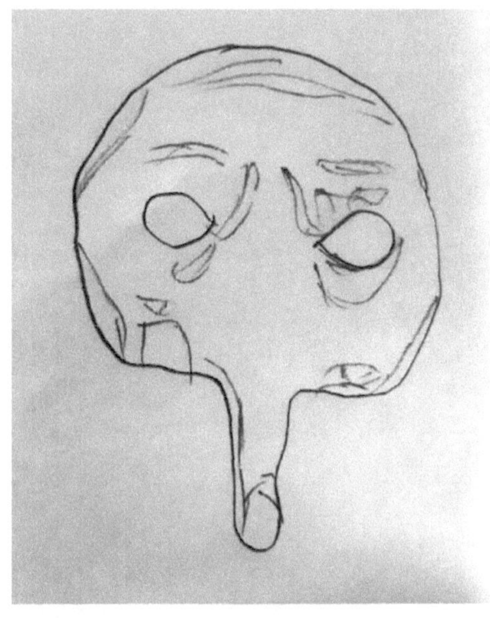

ثالثًا:

تارتاليا

رغم أهمية مكانة هذه الشخصية التي يشغلها بالعادة إذ يظهر أحيانا على أنه محامي أو رجلا ذا مكانة عالية إلا أنه يعاني من التلعثم، وضعف في النظر أيضا.

أما بالنسبة للزيّ فهو يشبه أزياء المهرجين بعض الشيء، إذ يرتدي زيا يشبه أزياء المهرجين وهذا ما جعل الخياط يضعه في هذه القائمة، فهو يرتدي قميصا وبنطالا عريضين، وهو شخص بدين يرتفع قميصه على بطنه الضخمة، ويضع الحزام البني فوقه، أي ليس تحتها مثل بولشينيلّا.

القميص والسروال من نفس القماش وهو قماش مزدوج باللون الأخضر، وعليه أقلام أفقية باللون البني والحزام بني اللون، والقبة ـ أو الكول ـ عريضة وكبيرة وليس كثيرة الكشكشة بشكل مبالغ، ويضع فوق البذلة برنسا قصيرا من نفس القماش، مبطن بقماش أزرق حريري الذي منه القبعة.

ويرتدي جوارب بيضاء وحذاء بني، وتمتاز أحذيته بأنها كبيرة الحجم، والتي تجعل مظهره غير متوازن.

وقبعة زرقاء كبيرة من نفس لون القماش الذي منه القبة وبطانة العباءة أو البرنس.

وهو يعتبر من الشخصيات المهمة، وقديمة الوجود في المسرح الكوميدي دي لارتي.

وقد صنع ألبرتينو بعض الإكسسوارات من أجل هذه الشخصية، والتي تتمثل في الشارب الطويل وأنف من الورق المقوى، وأيضا كان بحاجة إلى سيف طويل.

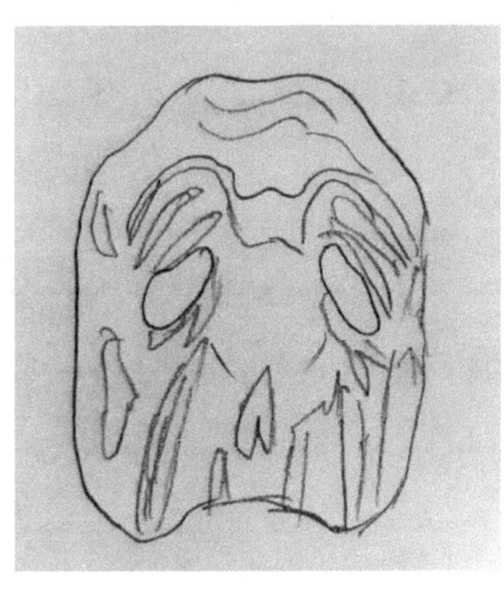

رابعا:

وأخيرا بيدرولينو

وهذا كان دور ألبرتينو لذا فقد كان نصيبه الأخير في القائمة، لأن ألبرتينو لا يحبه على الإطلاق.

له شخصية لطيفة ومحبوبة وهو خادم أمين، يتميز بالصدق والجد في العمل، وعدم التواني ولا التخلف عن القيام بواجباته، فهو مخلص لسيده على عكس شخصية أركيلينو الذي هو شخص يخدع سيده، وهذا

كان تحوّل كبير بالنسبة لألبرتينو الذي انتقل إلى شخصية نقيض.

وزيه أبيض عريض فضفاض، ويشبه إلى حد كبير زيّ المهرج، مع ياقة كبيرة.

بعد أن جهز ألبرتينو كل تلك الأغراض والأزياء والإكسسوارات، وقد كان في غاية السعادة، لأن مشروعه قد بدأت تدبّ فيه الحياة.

والآن جاء دور الخطوة التالية:

لقد جهز ألبرتينو النصوص أيضا، وحدد المواضيع التي يبحث عنها في مسرحه، والتي كان يعلم بأنها سوف تشد الجمهور إليه.

لقد كان ألبرتينو ذكيا، ويستطيع أن يستنبط الأمور المفيدة، وأن يدرس الجمهور والعروض والمسارح والمنافسة أيضا.

فكر الآن في المكان الذي سوف يقوم بالعرض فيه، ولكن قبل ذلك، وقبل أن ينطلق، كان يجب عليه أن يعثر على الأشخاص المناسبين لعروضه، أي الممثلين.

لقد كان هو المخرج والمنفذ وكاتب السيناريو، والمسئول عن تجهيز الأزياء، وأيضا كان هو الممثل الوحيد.

لقد كان في حاجة لعدة ممثلين، فكان متشوقا للبحث عنهم، وضمهم إلى فرقته التي لم تتكون بعد، ولكن الأساسيات والضروريات هي موجودة كلها في نظره.

فكر في أن يعلن في بعض الأماكن القريبة، مثل المقاهي والمحلات وقد أراد أن يضع شروطا، وأن يحدد ما يجب توفره في الممثلين، وأيضا أراد أن

يخبرهم من البداية، بأنه لا يوجد تمويل ولا رواتب، بل هي أقرب لفرقة الهواة، هواة ممارسة مسرح الكوميدي دي لارتي.

فكر في أن ينشئ فرقة هواة من أجل ممارسة مسرح الكوميدي دي لارتي، وقد كانت لديه الكثير من الوعود، لكي يقدمها للأفراد الذي سينالون إعجابه.

لقد كانت لديه فكرة حول العناصر والفرقة، كيف يجب أن تكون والقيادة، لأنه قد تعلم الكثير من السيد فيتال، وقرر أن يقلد كلما كان يفعله السيد فيتال.

وهكذا بعد الإعلان..

تهافت الكثير من الراغبين في المشاركة في فرقة ألبرتينو.

لم يتوقع ألبرتينو كل ذلك الكم الهائل من الناس الراغبين في التمثيل، وقد تفاجأ في حقيقة الأمر.

هكذا قام ألبرتينو بتجربة الأداء لبعض الشباب وأشخاص في مختلف الأعمار، واختار منهم من اعتقد بأنهم يناسبون فرقته، وأعطاهم الأدوار وقسّم بينهم الشخصيات بينما اختار هو أن يؤدي أحيانا شخصية واحدة، وأحيانا شخصيتين على حسب النص.

ولكن الشخصية الأكثر حبًا لديه، والتي هي شخصيته ولم يكن ليدعها لأي شخص آخر ليقوم بها هي شخصية أركيلينو.

في بداية الأمر فكر ألبرتينو بأن يقوموا بالتدريبات في الأماكن العامة، مثل الحدائق وعلى الشاطئ، وأيضا في بعض الأحيان في المقاهي، وخاصة تلك التي كانت ترحب به، لعقد اجتماع مثلا أو للتفاهم على بعض الأمور فقط، وليس للتدريب بكل ما يعنيه التدريب بالحركات، والحوار وكل ذلك.

بدأت التدريبات وقد كان ألبرتينو يفكر في أنه سوف يقدم أول عروضه في الشارع، وقرر أن ينطلق بفرقته أمام الجمهور الحقيقي وفي الشارع، ولا مانع من فعل ذلك، فقد كان هناك اختصار في النصوص، ولم يكن التمثيل لساعات أو ما شابه، بل كان أقرب لتعريف الناس به وبفرقته.

بعد مرور بعض الوقت، وبعد التدريبات اللازمة من أجل أول عرض، قدّم البرتينو عرض فرقته الأول على الشاطئ، وفي أيام الصيف الجميل وقد لاقى العرض إعجاب الناس.

قرر بعض الناس أن يساعدوه، لكي يقدم الكثير من العروض في المستقبل، وقدم له شخص مكان من أجل العروض.

بقي الأمر الوحيد، وهو المكان المناسب للتدريبات ولكن ألبرتينو كان مصرا على التدريبات في الأماكن المعتادة والعامة.

ولكن حدث أمر لم يكن في الحسبان، بدأ بعد الأعضاء يتغيبون عن حصص التدريبات، ويستهينون بها، لأنه لم يكن لهم رواتب أو ما يلزمهم بالعمل، الذي كان يراه ألبرتينو غاية في الأهمية، بينما هم يعتبرونه مجرد هواية، بل وصل الأمر بأحدهم أن اعتبره مضيعة للوقت.

رغم التصفيق الحار للجمهور، والشهرة الجميلة التي تحصلوا عليها، إلا أن عضوان من الفرقة قد أصبحا دائمي التخلف عن التدريبات.

هكذا قرر ألبرتينو أن يستبدلهما بآخرين، وخاصة أنه كان لديه بعض أرقام الأشخاص الذين خضعوا لتجربة الأداء، ولكنه لم يخترهم.

ولكن.. وبعد أن غير الشخصين المستهترين، أصيب له أحد الأعضاء الآخرين بمرض، وتخلف عن المجيء، بل وطلب منه الطبيب أن يلازم الفراش، وقد كان رجلا كبير السن.

بعد عدة عروض، والكثير من المعاناة، التي كان يعانيها ألبرتينو مع الفرقة، التي لم يكن راضيا عنها مئة بالمائة، بدأ يفكر في أن يجد حلا لكل ما يحدث معه، وخاصة أن الحياة قد بدأت تبتسم له.

لقد أعجب بترحيب الجمهور به، وأيضا مساعدة الناس له المادية، وهذا كان دليلا على النجاح في انتظاره، إن هو واصل في فعل ما يفعله، وبالطريقة الصحيحة.

قرر ألبرتينوا أن يقيد كل تلك المشاكل، وأن يتحكم فيها لكي ينجح في عمله هذا، والذي عشقه وأصبح يرى

بأنه هذا هو هوسه، وهذا هو العمل الذي سوف يصعد به إلى الأعالي، والذي سوف يضمن له الرواج والشهرة وربما العالمية.

لقد كان إنشاء فرقة هو هدفه، وأصبحت العالمية الآن هي هدفه.

مازال ألبرتينو منزعجا مما فعله معهم السيد فيتال،
وبعد عدة عروض..، ولعدة أشهر..

قرر أن يقوم برحلة مثل رحلة السيد فيتال.

كان يفكر منذ عدة أشهر في الأمر، وينتظر أن تحين
الفرصة المناسبة لفعل ذلك.

فكان يقوم بجمع المال، ولازال يعتمد على تلك الأزياء
الرائعة، والإكسسوارات التي تحمل الكثير من
الذكريات، والطاقة الايجابية التي تجعله متفائلا دائما.

ولكنه لم يكن يستطيع أن يتحكم في الأعضاء، وخاصة أن عددهم كبير، ولكن التحكم فيهم كان صعبا للغاية، وخاصة أنه لا يتحكم فيهم بدوام منتظم ورواتب معينة.

لقد كانت فكرة السفر والتجوال والعروض في أكثر من منطقة فكرة ممتازة، ومناسبة للترويج ونيل الشهرة والمال أيضا، ولكنها لم تكن بتلك السهولة التي قد يفكر فيها أي أحد.

فكان عليه في البداية، أن يفعل ما فعله السيد فيتال، وخاصة بعد أن أصبح اسمه واسم فرقته معروفين، وأصبح محل ثقة لدى بعض الأشخاص المهمين في المدينة.

أول أمر والذي هو الأكثر أهمية هو جمع المال من أجل السفر، وتغطية تكاليف الرحلة، لقد كان يفكر في رحلة تشبه رحلة السيد فيتال التي قام بها السنة الماضية.

خاصة أنه سمع بأن السيد فيتال قد جمع الكثير من المال بل ثروة، وأيضا نالت فرقته شهرة كبيرة، إلا أنه قد طرد بعض الأعضاء بعد الرحلة، أيضا فقد كان رجلا عصبيا، ولا يتحمل أن يجادله أي شخص في أي أمر ما.

انتابت ألبرتينو الغيرة من السيد فيتال، ونظرا لأنه قد طرده وأهانه، فكان هدفه أن يفعل ما حرمه منه، وأن يحقق ذات النجاح، وبدون فضل للسيد فيتال عليه.

صدفة للنجاح

صدفة للابتكار

كان ألبرتينو يفكر في حل لكي قدم عروضا جيدة، وأن يجد حلا نهائيا لكي يصل إلى القمة.

لقد كان ألبرتينو ذكيا وواعيا، ويعرف بأن الوصول إلى القمة والنجاح يتطلب جهدا وتفكيرا، ويتطلب العزيمة والكثير من الجهود.

كما أنه يتطلب الذكاء والحنكة وأيضا الفرصة، أي أن يغتنم فرصة تلوح في الفضاء لكي تجعله بطل ولكي تجعل منه نجما وأيضا من مسرحه وفرقته التي هو مهتم بنجاحها كثيرا

وفي أحد الأيام وبينما كان ألبرتينو في أحد المحافل المسرحية وبعد أن انتهى العرض كانت هناك جلسات للدردشة في أحد المقاهي الأدبية

كان ألبرتينو يجلس بمفرده ولم يكن معه أحد ولكنه لم يكن يستمتع بوقته لأنه كان دائم التفكير في الموضوع الذي يهمه

موضوع حياته وفرقته الموضوع الذي سوف يجن ان لم يجد له حلا

لقد كان يعلم بان هذا الوضع يجب أن لا يستمر على هذا الحال بل يجب أن يجد له حل نهائي

ومن الأفضل أن يكون هذا الحل نهائي وأن يصعد به إلى الأعلى لا أن يبقيه في الأسفل أو ينزل به إلى القاع.

كان يحتسي كوب قهوة ولاحظ شيئا في ذلك المقهى الذي كان مكتضا بالناس الذين كانوا في الحقيقة من مَن كانوا في المسرح قبل بعض الوقت

ولأنه لم يكن هناك طاولات لكي يستطيع أحد أن يحجزها فكل الطاولات كانت محجوزة تقدم رجل من ألبرتينو وطرح عليه سؤال وقال:

يا سيد هل يمكننا الجلوس معك هنا، فكل الطاولات محجوزة ولكنك أنت تجلس لوحدك فإذا لم يكن هناك من تنتظره هل يمكنني أنا ورفيقي أن نجلس معك

كان ألبرتينو يهم بالمغادرة بعد أن ينهي كوب القهوة ولم يكن ليطيل البقاء هناك ولم يكن ينتظر أي احد فقال للرجل وأجابه:

لا مشكلة.. يمكنكما الانضمام لي لأنني سوف أغادر بعد قليل.

الرجل:

شكرا لك يا سيد.. هذا لطف منك وتصرف لبق شكرا

ألبرتينو:

لا داعي للشكر تفضلا

بعد أن جلس الرجلان إلى طاولة ألبرتينو الذي لم يكن قد أنهي كوب القهوة فسمع بعض كلامهما

لم يكن ألبرتينو يتنصت ولكن الرجلان كانا يتكلمان بصوت مرتفع وعلى طاولته وبإمكانه أن يسمعهما جيدا، وأيضا لقد سمع جملة شدت انتباهه

لقد كان الرجلان يتكلمان عن السيد فيتال فقال أحدهما للآخر:

هل تعلم بما ذكرني عرض اليوم

السيد الآخر:

بما ذكرك؟

السيد الأول:

لقد ذكرني بعرض السيد فيتال فيجو الأخير

السيد الثاني:

لما؟ هل كان عرضه يشبه عرض اليوم،

السيد الأول:

ليس كثيرا ولكن هناك وجه شبه كبير ونقطة أنا
اعتبرها مغامرة أن يقوم به المخرج في عرضه
وخاصة إن كان مخرجا قويا مثل السيد فيتال الذي
غير مجرى أحداث مسرحه الفكاهي وأضاف له نقطة
درامية وبعض الغموض والرعب

السيد الثاني:

كيف ذلك؟

فأنا لم أستطع مشاهدة العرض لأنه في يوم العرض كان لدي عمل خارج البلدة

السيد الأول:

يبدو انه قد فاتك الكثير لأن العرض كان جيدا جدا

وقد أعجب الجميع به وخاصة بتلك اللمسة التي أضافها السيد فيتال

السيد الثاني:

لقد شوقتني كثيرا.. أخبرني عن العرض رجاء

السيد الأول:

اسمع لقد جعل في منصف العرض جريمة تقع وجعل

الجميع متشوق لمن ارتكب الجريمة وهذا بدوره جعل الجمهور في ترقب وتساؤل وترقب أكثر

السيد الثاني:

وماذا بعد؟

السيد الأول:

لم يكشف السيد فيتال أقصد المخرج عن القاتل ولكن نهاية المسرحية كانت أكثر من رائعة

السيد الثاني:

جيد هذا تغيير مهم في مسرحه أظن أنه قد دمج الفكاهة بالدراما لقد أعجبتني الفكرة حقا

الطريق إلى النجاح

بعد أن سمع ألبرتينو ذلك الكلام وبعد أن عرف كل التطورات التي طرأت على مسح السيد فيتال شعر بالغيرة الشديدة وأيضا بإصرار مضاعف لكي يجد حلا لنفسه ومسرحه

أنهى قهوته وخرج من المقهى وهو يضرب رأسه بكفه ويحاول أن يخرج من ذلك الرأس فكرة جيدة لحياته ومستقبله.

مشى ألبرتينو وهو لا يعلم إلى أين تأخذه رجلاه، فكان

يمشي ويمشي ولا يفكر إلا في ما سمعه من كلام وقد كان يدور في أذنيه

وبعد أن قطع ألبرتينو مسافة دون أن يعلم وجهته وجد نفسه في معبد قديم

المعبد هو معبد يوناني قديم ومهجور ولكن كان يعيش به رجل هناك من يقولون عنه انه مجنون وهناك من يقولون عنه بأنه رجل حكيم

لقد كان ذلك الرجل قريبا لجد ألبرتينو من والده

وكان ألبرتينوا يعلم بأن ذلك الرجل القريب لجده من أبيه يعيش هناك وهو لم يره ولم يزره منذ عدة سنوات

زاره في الماضي مع والده مرة عندما كان ألبرتينو في عمر الثانية عشر من عمره ولكنه لم يزره بعد ذلك ولا مرة.

معبد النجوم

لم يعلم ألبرتينو في بداية الأمر لما أحضرته رجلاه إلى هنا

إن ما حدث معه كان أمر غريب وخاصة أنه لم يأت الى هذا المكان منذ مدة من الزمن

لقد استغرق ألبرتينو في السير لمدة لا تقل عن الساعة حتى وصل إلى هذا المكان حتى أن الظلام قد حل، ويبدو أنها تنبئ بأمطار لن السحب الداكنة قد تراصت في السماء وبدأت الرياح بالهبوب.

لم ينتبه ألبرتينو لقطرات المطر التي تتساقط على كتفيه فجلس بالقرب من المعبد

وبعد برهة سمع شخصا يوجه إليه بعض الكلمات وقال:

من هناك؟

من أتى إلى المعبد في هذا الوقت المتأخر؟

من هناك؟

ألبرتينو:

أنا ألبرتينو برونو ابن روسانو ابن أرمن

الرجل:

روسانو ابن أرمن!

ألبرتينو:

أجل ابن عم والدك ألست أنت السيد جيانكارلو

الرجل:

أجل أنا أنا هو

ألبرتينو:

إذن أنا قريبك، أنا أذكرك بعض الشيء فقد أتيت إلى هنا مع والدي في السابق

السيد جيانكارلو:

أجل أذكر وقد كنت طفلا صغيرا حينها ومن صوتك أعتقد بان رجل وسيم اليوم، للأسف لدي عينان ضعيفتان ولا استطيع أن أرى بهما جيدا وخاصة في الظلام

ألبرتينو:

أنا رجل اليوم ولا أعرف إن كنت وسيما

السيد جيانكارلو:

إذن يمكننا أن نقول رجلا ناجحا

ألبرتينو:

لا أعتقد يا عمي إن كنت ناجحا

لقد بذلت الكثير من الجهود ولكنني لم أستطع فعل ذلك

لقد بذلت الكثير من الجهد ولازلت قادرا على بذل المزيد من الجهد ولكن لا أعلم إن كان النجاح من نصيبي يوما

السيد جيانكارلو:

لما تقول كل هذا الكلام؟

ولما كل هذا التشاؤم؟

ألبرتينو:

لقد تعبت يا عمي وأشعر بالإرهاق

السيد جيانكارلو:

أنت في مقتبل العمر يا بني، كيف لك أن تقول هذا؟
الكلام

ألبرتينو:

عمي أنا يائس إلى درجة كبيرة

إلى درجة أنني فكرت في بعض الأحيان في التخلص
من حياتي

لما عساي أعيش إن لم أكن ناجحا!

ولكن النجاح لم يكن سهلا بالنسبة لي رغم أنني قد
بذلت جهدا كبيرا وحاولت مرارا وتكرارا

السيد جيانكارلو:

يآه يا بني أظن أن حالتك صعبة

هيا قم ورافقني لندخل إلى الداخل ونحتمي من المطر

يبدو أنها ستمطر بغزارة

الجو غريب اليوم لقد تقلب كثيرا

ألبرتينو:

لا يا عمي يجب أن انصرف

السيد جيانكارلو:

لن أدعك تغادر وأنت بهذا الشكل

يجب أن تبقى معي قليلا وحتى يتوقف المطر

كما أنه يمكنك أن تفضفض لي فأنا يا بني، يمكنني أن

أقدم لك يد المساعدة

ألبرتينو:

كما تريد

بعد أن دخل ألبرتينو مع السيد السيد جيانكارلو إلى داخل المعبد حيث كان هناك مكان يقيم به السيد جيانكارلو وهو رجل وحيد يقيم هناك منذ زمن بعيد.

كما أن المعروف عن السيد جيانكارلو أنه يهتم بعلم الفلك والنجوم والتنجيم وأيضا بعلوم ما وراء الطبيعة ولكن لا يقدره جميع الناس وهناك من لا يهتموا بما يفعله وهناك من ينعته بالجنون.

قدم السيد جيانكارلو كوبا من الأعشاب المفيدة لحالته،
لكي يهدأ ويصبح بمزاج أفضل.

لقد تناول ألبرتينو ذلك الشراب الذي جعل أعصابه تهدأ
كما أنه كان شراب ساخن وقد أمده ببعض الدفء في
جسمه.

احضر السيد جيانكارلو منشفة لألبرتينو لكي يجفف
شعره، وأيضا أخبره بأنه يستطيع أن يغير ثيابه
ويرتدي ثياب نظيفة وجافة كما قال له:

هل تعلم يا بني لدي اقتراح لك

ألبرتينو:

ما هو يا عم؟

السيد جيانكارلو:

لما لا تقضي الليلة هنا؟

الوقت متأخر والمطر غزير

ألبرتينو:

أنا حقا لا أعرف

السيد جيانكارلو:

اسمعني جيدا الاقتراح لم ينتهي

ألبرتينو:

ماذا هناك بعد؟

السيد جيانكارلو:

أعتقد بأن المطر سوف يتوقف قبل الفجر

ألبرتينو:

وما أهمية متى يتوقف المطر؟

السيد جيانكارلو:

المهم هو ما يحصل في السماء والنجوم

هناك تقويم قمري هام الليلة

ألبرتينو:

ما الذي تقصده؟

السيد جيانكارلو:

إن أردت يمكنك المشاركة في طقوس التقويم القمري

ألبرتينو:

لما عساي أفعل مثل هذه الأمور؟

أنا لا أؤمن بما يحصل في السماء والنجوم وكل تلك الأمور

السيد جيانكارلو:

بلى يهمك

ألبرتينو:

كيف ذلك؟

السيد جيانكارلو:

هناك فرص تلوح في السماء ويمكنني مساعدتك في
اقتناص فرصة

ألبرتينو:

هل تقصد فرصة للنجاح؟

السيد جيانكارلو:

بل فرصة لفعل أي شيء

ألبرتينو:

أي شيء؟!

السيد جيانكارلو:

أجل أي شيء تريده

ألبرتينو:

حسنا سوف أقضي هذه الليلة هنا

السيد جيانكارلو:

كنت أعلم أنك ستفعل هذا

أنت فعلا تريد النجاح

أنت يا ألبرتينو شخص مؤهل للنجاح

كثيرة

تحور الأحداث

أخبر السيد جيانكارلو ألبرتينو بأن عليهما أن يراقبا السماء حتى يتوقف المطر نهائيا وهو يتوقع أن يتوقف هطول الأمطار قبل الفجر بحوالي الساعتين وهذا وقت يكفيهما لإتمام المهمة

بينما كانت مهمة ألبرتينو مراقبة السماء قام السيد جيانكارلو بتجهيز الأغراض اللازمة لفعل ما يجب فعله

لقد كانت مهمة كبيرة وتحتاج طقوسا معينة وأغراضا كثيرة

لقد عرض السيد جيانكارلو المساعدة على ألبرتينو لأنه يمتلك قدرات خاصة وقد أشفق على حال ألبرتينو اليائس والذي كان لديه حب مستميت للنجاح

وعندما صحا الجو وتبددت الغيوم الداكنة من السماء جاء دور الخطوة الأهم والأخيرة في الموضوع

بعد أن قام السيد جيانكارلو بتجميع النجوم في صحن من الماء وقام بربطها ببعضها البعض بطريقة معينة وهو يتلو بعض الصلوات طلب من ألبرتينو أن يرمي بعض الشعرات من رأسه وأيضا قطرات من دمه أي من رسغه في الصحن لكي تتجمع قوة النجوم وبعد أن يقوم بما طلبه منه سوف يحدث أمر ما

لقد قال السيد جيانكارلو:

اسمعني جيدا يا ألبرتينو، خذ ذلك الخنجر واقطع بعض الشعرات من رأسك وضعها في صحن النجوم ولكن بروية حاول أن لا تبعثر النجوم المترابطة

يجب أن تحرص على أن لا تكسر السلسلة لأنك إن فعلت سوف لن تنجح خطتنا وقد يفوتنا الوقت الميمون

ألبرتينو:

وماذا بعد؟

السيد جيانكارلو:

بعد ذلك عليك أن تغرز السكين في رصغك ولكن بشكل طفيف نحتاج لبضع قطرات من دمك ليس إلا ولكن ...

ألبرتينو:

ولكن ماذا؟ أنت توترني

السيد جيانكارلو:

سوف يحدث أمر سريع، وأنت تضع قطرات الدماء في الصحن

ألبرتينو:

وما هو ذلك الأمر؟

السيد جيانكارلو:

يجب أن تبقي عينيك على الصحن وانعكاس السماء فيه لأنك سوف ترى شهابا يمر بين سلسلة النجوم وذلك الشهاب هو لك

انه رسول ليحقق لك أمنيتك

لذا يجب عليك أن تجهز أمنيتك لكي تطلبها من الشهاب الذي ينطلق بسرعة بين النجوم في السلسلة فهو سيكون محصورا بينها ولن يخرج من الحلقة حتى تكلم أمنيتك فيخرج بشرك أن يحققها لك

هل فهمت؟

ألبرتينو:

أجل فهمت

أمنيتي هي النجاح

السيد جيانكارلو:

بل يجب أن تحددها أكثر

نجاح فرقتي المسرحية مثلا

أو إيجاد فكرة لكي تصبح فرقتي ناجحة

أو أن أصبح مثل السيد فيتال فيجو وأن أحصد نجاحا
أكبر منه، أكبر من النجاح الذي حصده

ألبرتينو:

فهمت الآن

السيد جيانكارلو:

ولكن يجب أن تذكر بأنك مستعد لتقديم أي تضحية
كانت

ألبرتينو:

أي تضحية؟!

السيد جيانكارلو:

أجل إن كنت تريد النجاح يجب أن تقدم أية تضحية

يجب أن تكون مقتنعا بالكلام الذي تقوله والذي تفكر

فيه

وإن لم تكن مقتنعا فلتتراجع الآن

ألبرتينو:

لا .. أرجوك .. لن أتراجع .. أنا مقتنع تماما

أنا أريد النجاح بأي شكل

ولكن كيف سأعرف ما هي التضحية التي يجب علي

تقديمها

السيد جيانكارلو:

الشهاب سوف يرشدك ولن يتركك إلى أن تحقق حلمك

ألبرتينو:

حسنا فلنبدأ

السيد جيانكارلو:

أنت مستعد إذن؟!

ألبرتينو:

أجل مستعد

السيد جيانكارلو:

لقد كنت أشعر بمدى إصرارك

أنت سوف تنجح بالتأكيد

السلسلة النجمية

بدأت الطقوس بعد أن جهز ألبرتينو وبعد أن جهز السيد جيانكارلو كل الأمور اللازمة للأمر وبعد أن أعطاه كل التوجيهات اللازمة لأنه أخبره بأنه ممنوع عليه الكلام أثناء الطقوس بينما كان السيد جيانكارلو يقوم بتلاوة الآيات والتعويذات اللازمة لجمع النجوم والحفاظ عليها في أماكنها في الصحن

وأيضا كانت تلك القراءات هي التي تفتح الطريقة أمام الشهاب وترشده إلى السلسلة النجمية في الصحن كما

أنها هي التي سوف تفتح له البوابة لدخوله فيها وتغلق عليه أيضا

وهكذا يصبح الشهاب سجين السلسلة النجمية ولا يخرج إلا بشرط أن يحقق لألبرتينو أمنيته فهو صاحب قطرات الدماء في الصحن

وتقديم البرتينو لقطرات الدماء يجلب له القوة لكي يقدم على تقديم التضحيات في المستقبل بقلب قوي ولا يتردد أبدا.

طقوس الانطلاق

بعد أن أكمل الاثنان تلك الطقوس أخبر السيد جيانكارلو ألبرتينو بأن الطقس قد سار بنجاح وان صلاتهما قبلت وسوف يحقق كل أحلامه في القريب العاجل

ثم اخبره بأنه سوف يرشده ويساعده لفعل ما يريد ولكن بشرط

فقال ألبرتينو:

وما هو الشرط يا عمي؟

السيد جيانكارلو:

يجب أن تقدم على تحقيق حلمك بقلب قوي وشجاع

يجب أن لا تتردد أبدا ولا يهم ما قد تقدمه كتضحية لأنك سوف تحصد نجاحا عظيما

لقد رأيت القوة التي كنت تتمنى بها ولاحظت العزيمة التي لديك

ألبرتينو:

رأيت؟!

السيد جيانكارلو:

أجل رأيت فالنار المقدسة التي حولها نار الطقوس التي أشعلتها لأجلك تعطيني بعض القوة لعيني الضعيفتين لكي أرى كما أنني أرى بقلبي أيضا وهذه ميزة ليس لدى الجميع

ألبرتينو:

كما قلت يا عمي أنا مصر على النجاح واليوم أكثر من
ذي قبل

وهل تعلم أمرا؟

أظن أنني قادر على تقديم أي شيء من أجل ذلك

السيد جيانكارلو:

أظن!!؟ لا تقل أظن بل قد أنا قادر على فعل كل شيء
لكي يتحقق حلمك يا ألبرتينو

ألبرتينو:

حسنا أنا قادر على تقديم أي شي وعلى فعل كل شيء
في سبيل أن أصبح مثل السيد فيتال فيجو بل وأنجح
منه

السيد جيانكارلو:

حسنا هكذا أنت جاهز.. إبذل جهدك ولا تتردد

الآن نم قليلا وخذ قسطا من الراحة وسوف أعطيك

بعض التوجيهات قبل مغادرتك

الانطلاق في حياة جديدة

وقبل مغادرة ألبرتينو بعد الظهر من ذلك اليوم فقد استغرق في نوم عميق وكأنه لم ينم منذ عدة أيام

أعطاه السيد جيانكارلو الكثير من النصائح والتوجيهات وأهمها كان أن يتبع حدسه وان لا يفكر في أية خطة سيخطوها في سبي النجاح مرتين

وهكذا غادر ألبرتينو معبد السيد جيانكارلو بعزيمة جدية، وكان يشعر بنشاط غير معهود وكان مقبلا على

الحياة لدرجة انه كان يسير في الشاعر وينشد بعض الأغاني والدندنات

لقد بدا وكأنه شخص آخر، شخص مختلف تماما وليس ألبرتينو الذي كان يشعر باليأس ليلة البارحة والذي كان من الممكن أن يقدم على إنهاء حياته ومأساته التي كان يشعر بها.

وصل ألبرتينو إلى مكان لم يكن ذاهبا إليه، لقد وصل إلى أحد المسارح وطلب تصريحا بأن يقوم بعرض مسرحي ضخم وكان مستعدا لدفع بعض التكاليف ولكنه كان مصر على أن يقيم العرض بأي ثمن

لم يكن لدى ألبرتينوا الممثلون لعرضه ولكن حدد التوقيت واليوم الذي كان مصرا على انه يناسب عرضه وسوف يجد الممثلين المناسبين في الفترة التي تفصله عن يوم العرض وقد كانت لديه خطة لفعل ذلك.

وهكذا قرر ألبرتينو أن يقوم بإعادة صياغة المسرحيات التي كان قد كتبها وترك مجالا للارتجال

وقرر عدد الممثلين الذين هو في حاجة إليهم ولم يكن يريد الفكرة كاملة بل كان يخطط لأن يجعل بعض الممثلين يعيدون تمثيل شخصيات أخرى في مشاهد مختلفة

وقد خطط لأن يقوم برحلة تشبه رحلة السيد فيتال عبر الوطن وربما في خارج الوطن أيضا

لقد أشرك مشهدا وكان يريد أن يجعله مشهدا ثابتا كل مسرحيه وأطلق عليه مشهد جريمة نجم

وأيضا افتتاحية لهذا المشهد وأطلق عليها خدعة النجوم

وقرر أيضا أمرا آخر وهو أمر غريب جدا، لقد كان يفكر في أن يختار الممثلين من أفراد لا ينتمون إلى عالم المسرح

وضع بعض المقومات لممثليه ولم يكن كونهم ممثلين في حساباته بل كان يريد أن يختار أناسا من عامة الناس ولكن ليس بطريقة عشوائية

لقد قرر أن يكون معظم أفراد فرقته المسرحية متشردين وخاصة العناصر التي لم يجعلها رئيسية في العروض فقد كان يفكر في أمر ولم يخبر به احد لأنه أمر خطير ولا يجوز ذكره ولو عن طريق المزاح

أصبح لألبرتينو شخصية مختلفة عن السابق إذ انه أصبح صارما ومتشددا ولا يقبل أن يناقش في أمور المسرح والأدوار وما إلى ذلك

قابل ألبرتينو الأشخاص الذين يريد أن يجعلهم أعضاء في فرقته بشخصيته الجديدة وبث الرعب فيهم ولأن

البعض كانوا في أمس الحاجة لعمل أو مصدر قوت

فقد كانوا خاضعين له تماما

التجهيز للعروض

بعد أن اختار ألبرتينو الأعضاء واهتم بهم وغير بعض ملامحهم من شعر وملابس وما إلى ذلك، وأيضا ووزع عليهم الأدوار وأعطى لكل منهم الدور الذي يجب أن يحفظ ملامحه وحواره كما انه قد كان يساعد كل واحد فيهم ولكن بشكل منفرد

فقد كان يدربهم على التمثيل فردا فردا إلى أن يصل إلى النتيجة التي يريدها وقد كان يتكفل بحياتهم كلها

من طعام ومأوى وهو في انتظار بفارغ الصبر ليوم العرض

لم يكتف ألبرتينو بأن جهز العرض في مدينته بل حجز في أكثر من مدينة وأكثر من دولة واخبر القائمين على تلك العروض بان عروضه لا سابق لها وسوف تضع بصمتها في عالم مسرح الكوميدي دي لارتي

نجاح أول عرض

وبدأت العروض التي سارت على خطى مسرحية السيد فيتال فيرجو الأخيرة له والتي لم يقم بأي عرض بعدها

لقد مزج ألبرتينو الفكاهة والكوميديا مع الدراما والجريمة

لقد أشرك مشهد جريمة بالفعل في مسرح كله فكاهة وضحك ونكت وكوميديا

لقد قرر البرتينو أن يتخلص من احد الممثلين غير الرئيسيين وخاصة من الزاني أي الخدم والذي جعله في نظر الجمهور انه خائن ومجرم ويستحق القتل ولكنه جعل القاتل خفي

كانت هناك شكوك حول القاتل

إذ أنه في مشهد ارتكاب الجريمة كان الضحية مع أركيلينو الذي يلعب دوره ألبرتينو في مشهد واحد وقد كانا يتجادلان لأن أركيلينو اكتشف خيانة بنتالوني ثم فجأة تطفئ الأضواء ويسمع الجمهور صرخة بنتالوني وهي صرخة عظيمة، وتتغير الأحداث بعد ذلك

ولا يتم الإفصاح عن القاتل فالمشهد الموالي يكون لأركيلينو وهو جالس لوحده ومنكب ومتقرفص وكأنه منكب على حزن أو ذنب

مشهد صامت غامض لبعض الثواني ويظلم المسرح ثم يليه مشهد مليء بالنكت والهزل أيضا لأركيلينو

ثم مشهدان والخاتمة.

بعد العرض الناجح والتصفيق الكثير وتعالي أصوات الجمهور وبعد أن تتهافت العرض على ألبرتينو لكي بعض في أهم المسارح في البلد ولكنه كان ملتزما بجدول أعمال وعروض في أماكن أخرى فقد كان حلمه أن يجول العالم

وبعد كل ذلك بيومين يخبر ألبرتينو بأن السيد جوليان روكو الذي كان يلعب دور بنتالوني قد انسحب من العروض لأنه لا يريد السفر

وبين تساؤلات المشاركين أو أعضاء الفرقة وحيرتهم عن من الذي سيلعب الدور يخبرهم ألبرتينو بأنه لا يحتاج لعضو جديد فهو لا يمتلك الوقت الكافي لكي يدرب شخصا جديدا وهكذا يحيل الدور إلى احد الأعضاء ويغريه ببعض المال الإضافي

وهكذا يكون ألبرتينو قد حل المشكلة التي وقعت فيها الفرقة ولكنه في الحقيقة لم تكن مشكلة بالنسبة له لأنه كان قد جهز الحل قبل وقوع الفرقة في تلك المشكلة التي لم تكن في الحقيقة مشكلة .

حقييقة الأمر

لقد توصل ألبرتينو إلى خطة كان عليه كان تنفيذها وكان يعلم جيدا بأن هذه الخطة سوف توصله إلى قمة النجاح بلا ريب ولا شك

كانت الخطة تقضي بأن يقوم ألبرتينو بكتبة مشهد لقتل إحدى الشخصيات أمام الجمهور ولكنه في الحقيقة سوف يقوم أركيلينو أي ألبرتينو بقتل الشخص الذي يقوم بتأدية هذا الدور أي أحد أعضاء الفرقة وخاصة الأعضاء غير المهمين.

وهكذا كان على ألبرتينو أن يقوم بقتل شخص قتل
حقيقي في مشهد تمثيلي لكي لا يرتاب الجمهور
والممثلون الذين سوف يعتقدون بان الأمر مجرد
تمثيلية ولكنها ليست كذلك

لم تكن الأمور كما تظهر بل كانت تلك هي تضحية
ألبرتينو لكي ينال الشهرة التي يريد ولكي يحصل على
النجاح الذي وعدته به النجوم والشهاب.

أما بالنسبة للجثة فقد كانت تختفي في الظلام الذي يلي
مشهد القتل لقد كانت يتم اختطافها من عالم النجوم
الشريرة ومن طرق الشهاب المسجون الذي كان لا
يزال داخل السلسة النجمية.

لقد نجح أول عرض وقبلت من ألبرتينو أول تضحية
وبدا يحصد النجاح الموعود

توالت العروض وتوالى النجاح ولكن ألبرتينو لم يكتف بتلك التضحية بل كان عليه أن يقم أكثر من تضحية وفي أكثر من عرض وفي نفس التوقيت من الشهر لأن التوقيت يتبع توقيت النجوم.

قام ألبرتينو بقتل بنتالوني في أول عرض

وفي العرض الثاني كتب سيناريو جديد وجعل في مشهد الجريمة الذي هو من بطولته دائما يقع في نهاية العرض تماما وكانت الضحية الثانية هي شخصية بيدرولينو

وأعطى الدور للسيد لوكس جابريال لكي يقوم بتأدية
دور تارتاليا لأنه أخبرهم بأنه لا يستطيع أن يشرك
أعضاء آخرين

بولشينيلا

سكاراموتزا

ايزابيلا

وآخر عرض تم قتل القبطان بيد أركيلينو وقرر
ألبرتينو بأنه هو من سيقوم بأخذ الدور وضمه إلى
دوره

لقد تم ارتكاب كل الجرائم بيد أركيليو لأنه هو من
كانت تجمعه مشاهد القتل مع الضحايا

وقد كان يبرر ألبرتينو لفرقته انسحاب الأفراد
الذين تم قتلهم بمبررات مقنعة ولم يكن أحد يشك في
الأمر أبدا

شخص انسحب من تلقاء نفسه والآخر لا يستطيع السفر معهم والفتاة أغرمت بشخص وهي ستسافر معه إلى مدينة أخرى لكي تتزوجه ولم يكن لديها الوقت لوداعهم وآخر وآخر... وهكذا

وصل الأمر في هذه المرحلة إلى أن نال ألبرتينو شهرة كبيرة وأيضا ذاع صيته في كل البلاد وقد نال الكثير من الجوائز والتكريمات ولكن الأمر لم ينته هنا بل كان أمام ألبرتينو خطوة أخرى

ليس النجاح هو الوصول إلى القمة بل أن النجاح هو الحفاظ على القمة وعلى المكانة التي يصل إليها الشخص الناجح

لم يكن وصول ألبرتينو إلى القمة سهلا ولم يكن إلا بجهد مضاعف وبتقديمه لكل تلك التضحيات والآن جاء دور الحفاظ على مكانته في القمة

لقد اكتشف ألبرتينو التضحية التي يجب عليه تقديمها في عرض يجب أن يقيمه في يوم ميمون وهو نفس

اليوم الذي قدم فيه أول تضحية فقدر مرت سنة من النجاحات والعروض المبهرة

قرر ألبرتينو الذي اكتشف بان الوقت قد اقترب وعليه أن يقدم التضحية التي كان يعرف من هي رغم أن المر كان صعب جدا وأصعب من كل المرات السابقة أن يقوم بزيارة معبد النجوم لكي يشكر السيد جيانكارلو قبل أن يقدم التضحية العظيمة التي طلبت منه.

عندما وصل ألبرتينو إلى نعبد النجوم الذي لم يزره منذ احد عشر شهرا تقريبا لأنه كان كثير الانشغالات ودائم السفر من اجل العروض المبهرة والناجحة التي صنعت منه مخرجا متميزا ومسرحيا ناجحا ولامعا تفاجأ بما وجد.

لقد وجد ألبرتينو أن المعبد مهجور وفي حالة كارثية ، بحث كثيرا عن السيد جيانكارلو فالمعبد كان كبيرا

ولكنه كان يعلم أين يقم السيد جيانكارلو بالضبط ولكنه لم يفلح في إيجاده

وبعد أن خرج ألبرتينو من المعبد راح يسأل كل من يصادفه بطريقه عن السيد جيانكارلو ولكن لم يكن يعرفه الكثيرون.

استغرب ألبرتينو كثيرا كيف أن المارة من تلك المنطقة لا يعرفون شيئا عن السيد جيانكارلو

ولكن ألبرتينو وبعد بحث كبير وأخيرا وجد شخصا يعرف القليل عن السيد جيانكارلو لقد كان شيخ يبع الخضار على عربة فهو بائع متجول.

أخبره البائع بكلام غريب وقال له بأنه لم ير السيد جيانكارلو منذ أكثر من عشر سنوات لأنهم يقولون بأن قد توفي فقد كان يعيش لوحده في ذلك المعبد ولكنه اختفى ويرجح أنه قد توفي بالفعل

لقد كان البائع المتحول يراه أحيانا ولكنه لم يره منذ مدة طويلة لذا هو يعتقد أيضا بأنه قد مات

ولكن ...

تفاجأ ألبرتينو بما سمعه لأنه قد كان معه قبل عدة أشهر وقد قضى ليلة معه ولازال يتذكر كل تفاصيل تلك الليلة الماطرة

ولكنه شعر بالتوتر عندما قال له الرجل لكن... فأصر ألبرتينو أن يسمع باقي القصة حتى وان كانت غير منطقية بالنسبة له فطلب من البائع المتجول المسن أن يكمل كلامه

وهكذا أخبره البائع المتجول بأن الرجل قد كان ساحر أو بالأحرى مشعوذ ولازال الناس يسمعون ترانيمه وغنائه في الليل وهناك من يصدق وهناك من يكذب الأمر

ولكن لا زالت هناك أصوات تصدح في المعبد وخاصة في الليل والليالي الماطرة لأنه كان للسيد السيد جيانكارلو طقوس يقيمها في الليالي الماطرة خاصة

لم يكن أمام ألبرتينو إلا أن يصدق ما سمعته أذناه فهو أكثر شخص قد شهد عجائب السيد جيانكارلو وعجائب معبد النجوم

قدم ألبرتينو العرض الخير وكانت الضحية في المشهد الافتتاحي هي أرليكينو أي انه قد قتل نفسه

لقد اخبرهم بأن يكملوا العرض لأنه كان مشغول جدا ويجب أن لا يخطئ بأي شيء لأنه لديه أمر طارئ وسوف يخرج فور تقديمه لعرضه الخاص أو لمشهده الافتتاحي

وقد جعل ألبرتينو مخرجا آخر لكي يخرج باقي العرض بينما هو لا يعرف ما قد يحدث معه

لقد قرر ألبرتينو أن يقيم العرض في بلده لكي لا يتحمل مسؤولية أعضاء الفرقة لأنه يعرف بأنهم يعتمدون

عليه في كل شيء في البلدان الأخرى والدول مثل
السفر والعودة والتذاكر وحتى الفنادق والطعام ولك
شيء

لقد كان هو المسئول حتى عن الجولات السياحية التي
يقدمها لأعضاء فرقته ولكن الأمر يختلف في بلاده
وفي مدينته بالذات فقد اخبرهم بأنه مضطر للسفر فور
تقديمه للمشهد من عرضه ولا يعرف متى قد يرجع

لقد كان المشهد مشهد نفسي إذ أن أركيلينو يتشاجر مع
نفسه

لقد كان حوار مع نفسه بصوت مرتفع وكأن لديه
انفصام في الشخصية حتى آخر المشهد وبعد الكثير من
الضغط والشجار قتل أركيلينو نفسه بعد أن سمع
الجمهور صرخة عظيمة وساد الظلام واختفى أركيلينو
من على المسرح بطريقة اعتقد البعض أنها صعبة
ودرامية وشادة للأعصاب.

ولكن المشهد الذي جاء بعده مباشرة كان مشهدا فكاهيا
مليئا بالنكات من بطولة كولومبينا التي كانت تتساءل
عن مكان حبيبها أركيلينو وقد كانت لوحدها أيضا
ولكن المشهد عدل من مزاج الجمهور ثم يدخل العاشق
انامور اتي لكي يعزف ويبث بعض الرومانسية فقد
إعتقد بان كولومبينا هي إيزابيلا وبينما هو يغني
ويعزف تخرج كولومبينا ثم تدخل إيزابيلا ويسود جو
من الرومانسية وهكذا تتوالى المشاهد

اختفى أركيلينو واختفى ألبرتينو الذي كان بالفعل قد
قتل نفسه وقدم التضحية الأخيرة ولم يعد ولم يره احد
بعد ذلك العرض لمدة لا تقل عن الشهر ولكن مدير
أعماله برر الوضع بأنه لديه حدث طارئ وانه مسافر
وسوف يجري المقابلات الصحفية والتلفزيونية هو
والمخرج البديل في مكانه

بالفعل قد نال العرض إعجاب الجمهور والنقاد ونال
نجاحا باهرا ولكن بعد مرور شهر عاد ألبرتينو ولكنه
كان مختلفا بعض الشيء

كان ألبرتينو هادئا ومنطويا وقليل الكلام ولم يخبر أي
احد أي كان أو أي ذهب

لقد بقي الأمر لغز إلى الأبد

ورغم الشهرة التي نالها ورغم العروض التي قدمت
إليه إلا انه قرر أن يعتزل ولن يقدم أي عرض بعد
اليوم وقام بتفكيك الفرقة وأعطى للممثلين مبالغ من
المال كبيرة وطلب منهم أن يعيشوا حياتهم وان ينسوا
مر التمثيل إلى الأبد

ولأن ألبرتينو كان هو الأب الروحي لهم والمدرب
والشخص الذي صنع هؤلاء الممثلين فقد قرر الجميع
الاعتزال

وبقي صيت ألبرتينو وفرقة الكوميدي دي لارتي
يصدح في السماء ولازالت الصحافة تتناوله وتتناول
نجاحاته الرائعة

وأيضا لازال البرتينو يتلقى الجوائز والتكريمات على مسرحه القيم والذي قدم لمسة جديدة وناجحة ولكن لا احد يعلم كيف نجح ألبرتينو ولا أين قضى ذلك الشهر ولكن نجح بالفعل نجح وحصد نجاحا اكبر من نجاح السيد فيتال فيجو ولكنه قد اعتزل مثلما فعل السيد فيجو.

اعتزل بعد أن وصل إلى القمة ولكنه لم يغادر القمة بل كان الجميع يذكرون نجاحاته حتى بعد اعتزاله وفك فرقته إلا إن اسمها كان عاليا في سماء المسرح

ألبرتينو وفرقة الكوميدي دي لا رتي

Sommaire